名流詩叢
54

宇宙之火
The Fire of Universe

〔俄羅斯〕塔悌安娜·特列比諾娃（Tatyana Terebinova）◎著

李魁賢（Lee Kuei-shien）◎譯

月亮回聲傳到樹幹頂上。
微笑註定要在窗戶封閉中成熟。
天空被某人心靈刺穿。
我感覺到你懺悔心底的音節。
森林奔馳如車輪，
追趕宇宙之火。

目次

雙聯作——獻給李魁賢
Diptych
—Dedicated to Kuei-shien Lee

宇宙以詩人記憶的深層熱療法把你燒烤

1.在天使之翼的書中
In the Books of Angel Wings

你的微笑隱藏

在天使之翼的書中

你文字的鳥群

為我們的月亮築巢

我把月亮鐮刀

為你所割

草的痛苦給你

我把夜裡太陽下

雨的笑聲給你

那麼你就會知道我的一切

藏在石心內的

一切事情

因為石頭正在你的

溫柔清流中為我祈禱

所有街道行人引導至

你思想的窗口

星星發動

我心中的聖戰

大地告訴我

你的深層波浪

海洋說到

有關你無邊的天堂

分秒不忘──關於你

你眼中的世界浸入我

用野花

蝴蝶和小溪

我們的魂魄

彼此偷偷相覷

燕子築巢

為我的微笑

取下月亮面具

有人的臉孔

世界是蜥蜴的尾巴，掉過

一次又一次

晚間字裡行間

逐字讀我

2.時間在葡萄酒壺內醞釀
The Wine of Time Wanders in a Pitcher

時間在葡萄酒壺內醞釀

瞬間靈感的蜻蜓

在花園裡翱翔

夜鶯在花瓣上歌頌，以太呀

群星蜜蜂從你的心靈──

吸取愛的花蜜！

火的溫柔──

在夢的層層疊疊中喚醒

時機的翅膀──

捕捉曙光

我閱讀——

感人的月亮魔術書

我點燃時代之火——少許文字

點點滴滴從窗簷

掉落到等待中的鴿子身上

一群街道行人對暗魔鏡

探詢他們的命運

切記：星星會映現你的祕密，

我在畫架上繪你的肖像時，

把松鼠毛刷

浸泡入櫻桃酒內——

在壯麗的夜晚

即將喚醒美好的距離
太陽神聖遲遲冒出，
而——宇宙——以詩人記憶的
深層熱療法——
把你燒烤！

正午祈禱鐘聲
Midday Prayers Bells

這是正午祈禱鐘聲。

從松樹的粉紅色樹皮

滑下一滴樹脂。

蝴蝶園內有祕密五月百合。

火熱陰影長出

預期的樹葉。

你的眼神落在

宇宙平板電腦上。

超乎愛
More than Love

你分裂個性……

我砰然撞到你

瘋狂的牆上，

成為受傷心靈，

為進入

你悲傷的

溝渠，

那麼你的影子——

會變成你，

所以你就會變成——

一首歌，

這樣我的光在你面前

可能會變得

超乎愛。

字句如刀片
A Word as a Blade

字句如刀片——

在焚燒天空的

冰冷溪流中。

字句如祈禱中瀑布的翅膀——

穿透大深淵的

石頭之聲。

沉默尖叫聲
The Scream of Silence

在午夜

試圖打開石頭禱詞

赤足樹木

被沉默尖叫聲

毀掉啦。

前景茫茫

過去

已蒙塵。

花楸樹苦味露珠

點亮你的聲音。

透過你的眼睛牆壁──

通過寬恕的

祕密門道：

穿過花園——
進入其他時間內，
在星星和樺樹
沉睡聲中。
隨著衛星的銀色頭骨
拉出流動的光
在你字句
多刺的樹葉上
輝煌。

天空輕輕坐在你肩上
The Sky Weightlessly Sits
on Your Shoulder

盛開的花園飛入天空光亮的深淵。

紅貓咪明星在藍色原野沉睡。

小水蛇在水坑裡巡視群星。

今天城市是睡眠中的天使翅膀。

沉默再度成為上帝，在祂眼中

把所有等待時間都告訴你，

像在時間薄冰下的小溪。

月亮的金桶溢出

尖銳黃金奇異聲音。

天空輕輕坐在你肩上

當閃閃發光的藍灰鴿子入睡時：

讓你悲傷的火焰在周圍把我燒焦。

宇宙之火
The Fire of Universe

月亮回聲傳到樹幹頂上。

微笑註定要在窗戶封閉中成熟。

天空被某人心靈刺穿。

我感覺到你懺悔心底的音節。

森林奔馳如車輪，追趕宇宙之火。

目標是認識不可思議的——網路世界。

表面光澤疏忽，把雪花更新——成雨。

風的牧人正在雪地上放牧。

突然，冬天鬧劇漂浮越過維蘇威火山峰。

風的牧人正在雪地上放牧。

表面光澤疏忽，把雪花更新——成雨。

目標是認識不可思議的——網路世界。

森林奔馳如輪子，追趕宇宙之火。

我感覺到你懺悔心底的音節。

天空被某人心靈刺穿。

微笑命定要在窗戶封閉中成熟。

月亮回聲傳到樹幹頂上。

在字句深處
In the Depths of the Words

今天是你

記號和變化的日子。

在蜻蜓的花瓣裡

蘋果樹枝正在等候你。

情人和孩子們

藉觀察星星認識你。

天空是神祕的

心靈螺旋。

種籽的神性

再度在草藥中成熟。

陰影在鏡子裡

降落。

希望正在心靈的冠冕

尋找斑鳩。

你的精神在

時間審議中誕生。

在字句深處

火焰——燃燒，

步伐——出聲，

箭矢——落下。

兩邊緣
Two Edges

鋸齒狀的兩邊緣

斷裂⋯⋯

天空，一條線。

很難即刻就理解到，

你在森林湖中

於兩朵凍僵的百合之間

尋覓未來。

透過雲掌
Through the Palms of the Clouds

黑貓在無星夜晚

躡足——步伐透明。

月亮花園以花瓣濁聲——

你替身的金色回音，

取笑我！

也許睡眠看我們

就像流動蝴蝶在呼吸，

花園和月亮在此再度趕上

和諧祕密，那是浮動在

草尖和天空鵝卵石的上方。

於此，透過雲掌——月亮正在下沈：

而樹木——是見證者證實我透過彈性

和迷人陰影再度見到你。

男人
A Man

男人——宇宙之路

通往群眾靈感。

有人敲開

門扉或

心。

月亮——流血的騎手——

用你心靈的淨水

洗傷口。

教子
A Godchild

我向譯者鞠躬致敬！

他們手裡拿到詩，

以親愛的保姆心情照護：

在施洗時抱著教子，

成為第二位父母，

通過他們的心靈——

嬰兒的心靈——把詩揭露。

用節奏的韻律教如何行走，

用元音的搖籃曲教如何唱歌；

不合拍的人只會輔音。

詩成長的時候

就像鳥，放任飛走，

從他們善良的手

轉到其他談論和語言

成為受家族歡迎的詩句！

貴賓
A Guest

街上突然出現

一首詩，

確定──你剛好站住不動

才不會在歸途失落。

你的側影保持在三行詩段上，

肩膀籠罩意義，

眼睛專注一些閃亮意象

盯住視線，遮掩世界；

雙手幾乎不能呼吸；

你的呼吸，及時連同詩，

傳達突顯字句的

雙重意義。

輸送最怕碰到

送往開曠空間街上的生命

以及你的再生英雄

來自神祕以太。

字句和詩行從不存在處或伊甸園

留意觀察我們的世界，

向我們揭示地獄和天堂的替身，

經常改變他們的場所！

詩句結構正沿著脊椎向下行進。

詩行支節與樹枝一起成長。

最後，你用鑰匙打開公寓門，

詩邀請你進入屋內，

當作歡迎貴賓！

牠們飛向我
They Fly to Me

五彩鳥類飛向我

其他

房屋和河流，公園和博物館；

其他

逐步跑離

模糊的漫長紀錄。

在你的地方，藥草叢生

而樹木年輪穿頂

滿是大黃蜂和胡蜂。

月亮浸入你眼中

到金色根源處。

黎明幾乎

被放血。

星球分支仍然擁抱天空
那是由藍色亞麻花卉織成。
我正跪下哄
嬰兒分離。

樹
The Tree

天空以深淵底部祈求你。

無路之途向你逃奔。

數字和文字

對你抱怨且咆哮，

還有未來憤怒的口舌在叫囂，

正如粗語暴徒的舉止。

字句思考在火龍中流竄。

他們對你自由矢車菊叫嚷，

要生產黑麥，

用臍帶根源下探進入你心臟。

你高於一切，是生命之樹！

馬列維奇[*]·黑色方塊
Kazimir Malevich. Black Square

捷徑奉獻遍及田野和森林……

寺廟求你從聖像下凡來——

縷縷光線和火熱血液喁喁細語，

遺忘的灰燼和希望的鐘聲分裂為

石頭颶風和穀物流動，鴿子的呼吸。

他們在這裡把十字架讓位給你，

你登上初生宇宙的黑色方塊。

時間小穗花序在死亡口中呼吸。

為了保密——苦艾草的現實

為了現實——保密的苦艾草。

敞開時空在矢車菊花粉中掠過

創作的蝴蝶。

＊馬列維奇（Kazimir Malevich, 1878~1935），1913年左右在俄羅斯創立絕對主義，意指繪畫中的純粹感情或感覺至高無上。

夜愉快融化
The Night Melts Blissfully

歡聲掌中——光明

雪地書中——文字

在萌發的葡萄酒色調裡

是隱藏的花瓣

夜愉快融化

成排的樹葉傾瀉而出

而絕望天使——

激情熱血

建造心靈輕型神龕

而聖歌

把貓頭鷹的無聲翅膀

活生生的影子撕掉

盡我們所能的一切恩典

緩和亮麗的虛弱

當熾愛天使

從預言的底部登場

月亮正從你手中

像鳥再度升空

越過雨的豎琴

以太的韻律一直哼哼

沉默會照明──

達到百倍──

帶著火熱的祝福

又再度熄火

蟋蟀倒嗓音
The Inverted Sound of Cricket

蟋蟀唱歌

在草莓的葉叢中

發出倒嗓音。

草稿進入與我

對話。

用葡萄酒

和月色

野生蜂蜜

烤麵包

放在桌上。

在某地方

珊瑚賣主

對烏龜

脆弱的頸背

又笑又氣。

我感動
I'm Touched

我被你心靈的振奮光芒

感動——

我的星群葡萄

在枝上成長。

你眼中秋波正反映

我的感情在沸騰流動。

集合驅風馬群，

我們在此有：

栗色、棕褐色

和灰黑色——

打鼾、噴息、踢腳；

本性從大地子宮

向上揚升

紮根在我們心裡！

大步慢跑
The Vastness Canters

馬穿過田野時，大步慢跑，

心靈之火一半成熟。

進入河流王國，陰影降落──

就像泉水從山上琤琤琮琮流下！

鐘鼎美食之家啃囓天空。

於今──啟示錄──將臨。

天藍，火白，

夜晚祝福一陣風。

用斜鐮刀割草。

光亮露珠在你眼中呼吸！

心靈銀泉
The Silver Spring of Soul

心靈銀泉

是我的祖國。

月亮騎士

跨鞍到我的飛行天空。

你遠近思想遊戲的

苦艾草香味

淋我全身。

我以骨骼依附在

你山脊上。

群星的蚱蜢

在空中展翅。

你的思想之翼

觸及我臉頰。

花卉、空氣和水

帶有預料的風味，

正用我的眼睛尋找

你在大草原上的足跡。

你在輕鎧上的側影

飛進我的新日子！

波希・人間樂園
Hieronymus Bosch.
The Garden of Earthly Delights

天空

尚未受到黎明

傷害。

但是岩石,

預期不同的命運,

以山峰

衝向天堂。

海岸在睡覺,

下頦擱在

沙灘上。

軟體動物肌肉式噴泉

凍結片刻

像有生命金字塔。

獸類和鳥類

被管樂器迷住。

獨角獸

最後一次

在水裡

捕捉倒影。

在綠色花園裡

沉思的造物主

把亞當之星

和夏娃

讓給悲傷。

＊耶羅尼米斯・波希（Hieronymus Bosch, 1450~1516），荷蘭畫家，活躍時期與達文西相近，《人間樂園》（The Garden of Earthly Delights）為其三聯作名畫。

老布魯格爾・季節
Pieter Bruegel the Elder. Seasons

夜裡，成串光線在此融化。

月亮溫柔，而顴骨尖銳。

遍布森林的暗藍色在附近搖晃。

老人用更古老手杖輕拍挑剔。

有些狗在吠，咬著越來越冷的鍊條。

不舒服是神聖天真如初夏的雨。

那麼多星星都有機會照到我們身上。

寒風吹過廟宇庭院刺痛眼睛。

心中對抓銀鱒是有點樂趣。

開始捕撈那些泥濘的綠色丁鯛魚。

黑暗再度以快樂歡呼在噓氣。

有些繪畫藝術──受到房屋善待。

魚在空中，漁民在岸上。

唯一保證是我免不了會悲傷。

雁在沙洲上飛翔，我要等更多來到。

在迷濛叢林內，美人魚精神冷漠。

明亮火焰將要上升，通過血管。

比從月光得到更甜蜜的是——在天堂睡覺。

所以從潮濕地面上升，已足夠說謊：

為了從月光得到更甜蜜——就去遊天堂。

那麼從地面上升——我們要去或飛往哪裡？

星形苦艾草張開的眼睛，剛剛力竭。

我們偷偷漂浮在黃昏波浪上，

星星散布在草叢內，忘掉負擔。

是什麼引導你，是什麼扭曲你的恐懼？

把聯結感情套上如何？

在此纏繞你身邊的是罕見多節蛇。

石南花成串在深溝裡完美無瑕。

所以你又會發現自己有莫名的力量。

那時世俗灌木叢會加進來祈禱。

夜晚將會在幽暗潮流中呼吸

直到星飾頭盔開始掉下來。

帶來煙幕和魔障——無論什麼都對；

整個八月——風在星星北方繞。

你的朋友關係沒那麼酷，說不定喔：

承認我、說服我——你有雲要滑動。

正在褪色，我在石階上褪色中，

像野獸一樣，被旗幟嚇呆。

山又在空中沐浴，然後打盹，

然而，粗糙鏡中的天堂頹然下陷。

純天藍色湧入心靈混亂大宿舍，

微微溢流，尋找大風暴。

妙齡女子把天空在池塘裡的飛濺扭曲。

風從高山吹過來──多麼溫和的天鵝。

發現棕色外表的灌木叢依然茂盛。

無名野獸呀，請哀歌大地，直到天亮。

你會看到樹林在碎夢中擁有黎明。

似乎，有弦月船在四處搖蕩。

在此房屋內，聞到芹菜有雪的氣味。

利用羽毛在此晃動騰出更多空間。

為種田人好好準備橙色破曉，

請攜帶匿名聖像作為禮物。

舊磨坊簡略研磨幾分鐘——淚珠的快樂。

裝飾樹木——拖拉著馬車在街上奔馳。

用神祕文字禱告的百葉窗為我們睜開眼睛。

讓被通緝的狂風暴怒帶來最野蠻陣風！

＊老彼得‧布魯格爾（Pieter Bruegel the Elder, 1525~1569），荷蘭大畫家，歐洲獨立風景畫的開創者。

遊戲現象
Game Phenomenon

你畢生的磨石

會粉碎虛幻的世界。

文字天使在星球圓石上散步；

根據即時記載——

那是生命的神聖夢想。

這是白樺樹霧靄。

透過小屋無法逃避而顯現。

春天，河流會再度

請求你到窗口來。

豎耳的馬在諦聽宇宙。

畸足熊有關覆盆子間的蜂蜜空心

已經與蜜蜂達成意見一致。

吟遊詩人的鐘鈴響叮噹

且騎粉紅豬到展覽會場去。

在海上，好夥伴

帶著你夢中的美人魚航行。

儲水裝置維護

美人魚大腿而水桶搖晃

像命運波浪。

黎明女神舉手

集中所有溫柔

使她的長期龍友

復活。

藝術家肖像‧八月
A Portrait of an Artist. August

預測、失落、夢想的捕手……

浩瀚的絕望捕手……

在秋天樺樹的黃色河流

映照新換的心靈藏身之處——

當黎明時角樓歌聲揚起

應和喔喔啼的公雞

有關地平線小穗的薄刀片。

天上曙光聖像在妳內心點亮。

超越你的真實故事——是金色粉塵，

超越粉塵——是惡魔天使般熱情。

今天妳是墓地警衛領班，

或是神聖罪人，從良妓女瑪格達倫[*]。

妳在心靈迷宮中點燃蠟燭

取自烈焰的天國深淵。

＊瑪格達倫（Magdalen），聖經中著名故事人物，妓女從良，由

罪人而成聖，是耶穌受難的見證人之一。

你掌中蝴蝶
The Butterfly of Your Palms

你掌中蝴蝶

在我肩上。

你飛舞手指

像高高在上的細樹枝

把開花時節的花粉

撒在我身上。

暗中猜測

你眼中的黑色太陽……

命運為我們

在地獄舞台上

扮演一些天堂場景

每人可在此為自己祈禱：

呼吸火、觸摸露珠

等候翅膀、連根飛行。

海以小溪臉的表情

對我說話。

你的心靈——像是

受到安撫的燕子。

你的溫柔——

在雪地裡燃燒

花楸漿果。

蟋蟀瞬間怒叫。

我黎明的

光環在你眼中發亮。

迷途・「時間在噓氣」
A Maze. "The Time Breathes"

時間在噓氣：雪在弦月下方。

叛逆的城市匆匆忙忙。

張大的眼睛

充滿血淚。

無邊際的傷心沙漠

於痛苦迷途中湊在一起

在河水飛濺的地方

長滿潔白百合花。

又好奇又細心
Inquisitively and Carefully

又好奇又細心

垂死的鹿

眺望著天空。

破曉一直在踩

花萼。

做夢聽來還是

像讚美詩，

流入姿勢和微笑中，

以挑釁的快樂

諦聽世界。

裸露

和平的柔和輪廓。

在每幅畫裡

出現墓碑裂痕。

黎明呀，你是

遲來的天使。

羔羊
A Lamb

伶俐黎明正在傾注盲目的愛──

由時間帶來

越過夜晚篝火的白色波浪

永遠生為羔羊

在老虎牙內

天空的生命
Life of the Skies

杜松燒出綠色火焰——

天空的生命。

月亮

金色螃蟹

沿著你的心底

逃走。

午夜透明的

樹葉

活在秋天血管裡——

在出國移民的顏面

陰影下。

於被遺忘的花園裡

白色時間成熟

黑色蘋果：

拜占庭的新戒指

和新鮮空氣；

有翼山脈的

旗標名稱——

日蝕時——屬於海的

新支部。

瞬間火花乾掉

白天酒杯，

滲入

你未來

心靈的

廟宇。

烈焰的雙刃劍
砍穿悲傷的
祭壇。
彗星用湖泊的
眼睛看你，
在昔日生命裡
看未來。
地球，
透明的
精神冠冕
戴在你頭上，
星星在此
是你的鳴禽

而你的根在養育

銀河。

大地呀，你是

天空的生命！

詩・火焰花瓣賦格
Poem. Fugue of the Petals of Fire

「婦人攜帶什麼？」

1.

小婦人

仰望

夜空中

攜帶翅膀！

2.

小婦人攜帶

天空翅膀。

天空很活潑,

還有草莓大地,

沉默歌聲或安眠。

3.

婦人自己攜帶

花石

和岩石的溫柔,

有海浪鹹味。

她把翅膀給火焰蝴蝶

和新生雪花;

藉祈禱的反映

崇拜她的世界——

她住在溪流和地平線

福音裡。

4.

默默微笑，

大天使的聲音，

閃電四射

在苦澀希望的迷宮徘徊。

她的翅膀是苦艾草路；

她是為夢想世界而創造；

閃電的蜂窩──是她的結構。

5.

婦人，像人蔘鬚根，

在她內心把自己拉成

白色深淵的黑洞，

然後——

給世界帶來治療的痛苦，

成為陰影呻吟中的

支撐

她正在為你失落的光環

和愛情領土叫喊。

6.

窗戶眼睛和天竺葵傷口

瀕臨

治療邊緣。

7.

自然的心靈

賦予世界加以馴服——

有生命和無生命，

成熟和不成熟，

顯形和隱形。

8.

儘管婦人規避白天

同一瞬間

需要死亡和愛情。

9.

在女性心靈裡

翅膀是痛苦的光線；

愛情用天堂裡的十字架

把她燒傷！

10.

小婦人攜帶

天空的翅膀。

天空是有生命物，

也是空無之地，

沙土之水。

11.

蕨花的火熱潮流

和深海目盲透明魚類

在預兆的天空中：

一切都獻給愛的枝枒——

擁抱她，

婦人。

12.

婦人攜帶

岩石的脆弱和沙漠的溫柔。

她給萬物翅膀，

崇拜復活的謎題，

讓靈界在其中隱退。

13.

她的翅膀是星座盤繞，
嬉戲小溪的白色吶喊
緊抓住她的手指。
她加以吸收，
在心裡提升
像蝴蝶花。

14.

然後交給世界

以求和平，

成為夢想的台階

在花裡誕生

也是以迷惑為根的

隱形樹。

15.

月亮顫抖像她手中芒刺；

水平線正在呼喚垂直，

要求並渴望

她不可思議的生存意志

和無私忘我。

16.

翅膀是婦人心靈的

海浪意志,

聽到岩石喊叫,

露水怨聲和岩石前額疼痛

或者從消滅裸露火焰

在四周打轉。

17.

而她崇拜愛情

以她的犧牲

超過無所隱藏的

神祕光線。

你是火燒的桂冠——獻給李魁賢
You Laurel Burning in the Fire
—Dedicated to Kuei-shien Lee

你是等著要淋我的雨

你是我神祕的幽暗和呻吟的預感

你在預測我，又要細心忘掉

你是我裸露火焰的血光

你是我宇宙心靈的表層

你是我呼吸無止盡的身軀

你是新淌的汗水

你是我胸部的乳汁

你是悲痛即將止息的喜悅

你是我笑聲的傷感

你是跨越我知覺叢林的彩虹

你是焦慮睫毛上的冷霜

你是我不知所措的飢餓

你是我渦流的飽滿

你是棲在我手枝上的鳥

你是我性急的呼吸

你是我臉頰上的淚珠

你是我辨識的翅膀

你是洞察的笑聲和飛躍

你是我為笨石而哭泣和囚禁

你是在炎熱沙漠尋求露水

你是我無底心靈外殼的真珠

你是我在神手中的力量和溫馨

你是我的心靈在火舞中環顧周圍

你是我在與宇宙博局中的瘋狂

你是我的傳說，所有緣由的寓言

你是我像花瓣撕裂時的心情

你是在我的以太烈火中燃燒的桂冠

我會在雪堆上遇見你——給李魁賢
I'll Meet You on the Scrolls of Snow
—To Kuei-shien Lee

冬天，你是一棵罕見的樹——

在我們心靈的森林裡

享有孤獨的新生活——

你在此大風雪中的芬芳果實

會飛揚輕微憂慮的風雪——

寒霜悲傷流入愛的火苗裡

夏日黎明出現在雪片中

我會在雪堆上遇見你

夜裡紫羅蘭在你手中獲得生命

恐懼的鏡子在太空中燃燒

未來的樹幹萌發

快樂與預感的枝枒

你我是宇宙的嬰孩

在祂手中──我們床上

我們的迷宮──神的滋養管

我們是神心靈中的血液

我的心是

不移飛向你的箭

一點一滴

從我愛情的海洋

冬天窗外的樹上結晶──給李魁賢
Crystals of Trees Outside the Winter Window—To Kuei-shien Lee

冬天窗外的樹上結晶。

以神奇美夢圍繞我住家。

木柴燃燒中，滴答滴答滴落，

風劈啪響，黑暗劈啪響。

平原平坦，雪潔白。

猶太教祭司禱告──悲傷一堆。

神無法觸知，看不見，活生生；

祂無處在，無所不在。

到處無所不在，但誰都看不到。

他對問題解析不太強制干擾，

他如此的容光煥發，隨風飄散。

暗中閃亮，眼淚半零落！

牆上影——獻給李魁賢
Shadows on a Wall
—Dedicated to Kuei-shien Lee

牆上影

像一行一行

美麗的詩。

詩人的眼睛

注視其他時光

和未來心靈！

他的風采

支撐起脆弱的穹蒼

和潮濕的片片回憶。

不知不覺幸福中

強風茫茫然。

詩人已經翻過

白天和

宇宙的新頁;

在記憶的拱門下

他看到玫瑰的眼中

有擾亂的光芒!

關於詩人
About Poet

　　塔悌安娜・特列比諾娃（Tatyana Terebinova），
俄羅斯女詩人，居住於莫斯科市薩馬拉地區的奧特
拉德尼鎮（Otradny, Samara Region）。創作格律詩、
自由詩、俳句、短歌等。1989年畢業於莫斯科文化
藝術學院。1996年榮獲莫斯科國際自由詩歌節詩人
獎。作品發表於俄羅斯自由詩選集《普羅米修斯》
（Prometheus，莫斯科，1991年）、《阿里昂年度

選》（Almanac Arion，莫斯科）、《詩刊》（Journal Poetri，莫斯科，2018～2019年）、《首都雜誌》（Zhurnal Stolitsa，莫斯科，2018～2019年）、《阿都尼斯星系詩刊》（Adunis Galaxy Poetry，2019年）等。出版詩集《宇宙之火》（The fire of Universe, 2019年）和《橋》（De Brug, 2019年）。名登《薩馬拉歷史文化百科》（1995年）。

關於譯者
About Translator

　　曾任國家文化藝術基金會董事長，現任世界詩人運動組織亞洲副會長。出版詩集25冊，詩選集3冊，文集35冊，外譯詩集32冊，漢譯詩集74冊和文集13冊，編選各種語文詩選41冊，共223冊，並著有回憶錄《人生拼圖》、《我的新世紀詩路》和《詩無所不至》。外文詩集已有英文、蒙古文、羅馬尼亞文、俄文、西班牙文、法文、韓文、孟加拉文、阿爾巴尼亞文、土

耳其文、馬其頓文、德文、塞爾維亞文、阿拉伯文、印地文等譯本。獲吳濁流文學獎新詩獎、巫永福評論獎、榮後台灣詩獎、賴和文學獎、行政院文化獎、吳三連獎新詩獎、真理大學台灣文學家牛津獎、台灣國家文藝獎，以及多項國際文學獎。

語言文學類　PG3033　名流詩叢54

宇宙之火
The Fire of Universe

原　　　著/塔悌安娜·特列比諾娃（Tatyana Terebinova）
譯　　　者/李魁賢（Lee Kuei-shien）
責任編輯/吳霽恆
圖文排版/許絜瑀
封面設計/張家碩

發 行 人/宋政坤
法律顧問/毛國樑　律師
出版發行/秀威資訊科技股份有限公司
　　　　　114台北市內湖區瑞光路76巷65號1樓
　　　　　電話：+886-2-2796-3638　傳真：+886-2-2796-1377
　　　　　http://www.showwe.com.tw
劃撥帳號/19563868　戶名：秀威資訊科技股份有限公司
　　　　　讀者服務信箱：service@showwe.com.tw
展售門市/國家書店（松江門市）
　　　　　104台北市中山區松江路209號1樓
　　　　　電話：+886-2-2518-0207　傳真：+886-2-2518-0778
網路訂購/秀威網路書店：https://store.showwe.tw
　　　　　國家網路書店：https://www.govbooks.com.tw

2024年3月　BOD一版
定價：220元
版權所有　翻印必究
本書如有缺頁、破損或裝訂錯誤，請寄回更換

讀者回函卡

國家圖書館出版品預行編目

宇宙之火 / 塔悌安娜·特列比諾娃(Tatyana Terebinova)著
; 李魁賢譯.-- 一版. -- 臺北市：秀威資訊科技股份有限公
司], 2024.03
　　　面；　公分. -- (語言文學類；PG3033)(名流詩叢；54)
BOD版
譯自：The fire of universe.
ISBN 978-626-7346-71-6(平裝)

880.51   113001712